Qui a mangé les crêpes ?

Anne Ferrier •

Nathan

Rachid le timide
Mélanie la chipie
Pacha le chat
Pascale la géniale
Arthur le gros dur
Es-tu prêt pour une nouvelle aventure ? Eh bien, commençons !
Ah, j'y pense ! les mots suivis d'un ☼ sont expliqués à la fin de l'histoire.

Super ! Aujourd'hui,
Gafi fait des crêpes ! Ça sent
drôlement bon, mais
quel bazar dans la cuisine !

Gafi fait sauter les crêpes
dans la poêle.
– C'est moi qui goûte le premier !
s'exclame Arthur.

Et il se jette sur le plat.
Tout à coup, il devient plus rouge qu'une tomate. Il tousse et ses yeux commencent à pleurer...

– Que se passe-t-il ? demande Gafi.
– Moi je sais ! dit Pascale la géniale.
Arthur s'est trompé : il a confondu le pot de miel et le pot de moutarde.
Ah là là, quel étourdi !

Brusquement, Mélanie se retourne et crie :

– Les crêpes ont disparu !

Gafi en avait préparé toute une pile, et maintenant le plat est presque vide. Arthur montre une silhouette blanche qui s'enfuit par la porte.

Qui est
le voleur de crêpes ?

– C’est sûrement un fantôme, explique Rachid, un fantôme voleur de crêpes. Mais ça ne se passera pas comme ça ! Si le fantôme veut manger des crêpes, il n’a qu’à les préparer tout seul.

Les enfants se lancent à la recherche du voleur.
Quelque chose bouge sous l'escalier…
Pascale s'avance prudemment :
le fantôme est peut-être dangereux !
Elle passe tout doucement sa tête dans le recoin sombre de l'escalier.

Mais Pascale éclate de rire :

– Ce n'est pas un fantôme !

Dans ses bras, il y a le lapin de Mélanie. Le petit animal s'est échappé de sa cage !

Il faut absolument trouver ce fantôme.
Les enfants regardent partout :
sous le lit, dans la grande armoire,

derrière le canapé, et même dans
la baignoire. Mais le fantôme voleur
a disparu !

Gafi a une idée. Il faut tendre un piège au voleur.
– Cachons-nous dans la cuisine, propose-t-il. Et quand celui-ci viendra chercher d'autres crêpes, nous l'attraperons !

Aussitôt dit, aussitôt fait.
Mélanie éteint la lumière
et tout le monde se dissimule
dans le noir.
Rachid a pris une poêle
pour assommer le voleur !

Le piège de Gafi va-t-il
fonctionner ?

Soudain, la silhouette blanche apparaît. Elle bondit sur la table et s'empare rapidement d'une crêpe.

– Ah ah ! rugit Arthur, nous te tenons enfin.

Vite vite, Gafi rallume la lumière et Mélanie saute sur le voleur.

Mais… quelle surprise ! Ce n'est pas un fantôme, c'est Pacha le chat ! En voulant manger une crêpe, il a renversé le paquet de farine, et maintenant il est tout blanc !

– Tu es vraiment trop gourmand ! le gronde Mélanie.

Les amis ont bien mérité de goûter tranquillement. Pourtant, Pacha reste dans son coin.

– Tu boudes ? demande Pascale.

Non, non, Pacha ne boude pas : il a trop mangé et il ne peut plus bouger !

c'est fini !

Silhouette : C'est une personne, un animal ou un objet dont on voit juste la forme.

Recoin : Un recoin est un coin qui est caché.

Se dissimuler : Se cacher.

S'emparer : Prendre quelque chose de force, sans en avoir le droit.

Quel bazar dans la cuisine !

Retrouve vite les 7 objets qui n'ont rien à faire dans la cuisine.

Réponse : les 7 intrus sont : le pyjama, la trompette, le râteau, les jumelles, les rollers, le chapeau, la brosse à dents.

Faites sauter les crêpes !

Combien de crêpes Gafi a-t-il préparé en tout, sachant que la pile cachée sous le tissu a moitié moins de crêpes que l'autre ?

Réponse : Gafi a préparé 18 crêpes (12 crêpes dans l'assiette, 6 crêpes sous le tissu).

Vrai ou faux ?

Relis bien l'histoire avant de répondre.

1. C'est Mélanie qui veut goûter en premier les crêpes que Gafi a préparées.

2. Pascale sort un lapin du recoin sombre de l'escalier.

3. Rachid a pris une assiette pour assommer le voleur.

4. Une silhouette blanche bondit sur la table et s'empare rapidement d'une crêpe.

Réponse : 1. Faux ; 2. Vrai ; 3. Faux ; 4. vrai